李志胜
著

YIN·
音
YUE·
乐
ZHONG·
中
DE·
的
GUA·
瓜

北方联合出版传媒（集团）股份有限公司
春风文艺出版社
·沈阳·

图书在版编目（CIP）数据

音乐中的瓜 / 李志胜著 . —沈阳：春风文艺出版社，2017.12（2021.1重印）

（中国诗人）

ISBN 978-7-5313-5196-2

Ⅰ.①音… Ⅱ.①李… Ⅲ.①诗集—中国—当代 Ⅳ.①I227

中国版本图书馆CIP数据核字（2017）第301938号

北方联合出版传媒（集团）股份有限公司
春风文艺出版社出版发行
http://www.chunfengwenyi.com
沈阳市和平区十一纬路25号　邮编：110003
永清县晔盛亚胶印有限公司印刷

责任编辑：韩　喆	责任校对：于文慧
装帧设计：琥珀视觉	幅面尺寸：125mm × 195mm
印　　张：8.5	字　　数：150千字
版　　次：2017年12月第1版	印　　次：2021年1月第2次
书　　号：ISBN 978-7-5313-5196-2	定　　价：26.00元

版权专有　侵权必究　举报电话：024-23284391
如有质量问题，请拨打电话：024-23284384

总　序

中国是诗的国度。千百年来，人们沐浴在诗歌传统中，传诵着一代又一代诗人们写就的经典之作。而伴随着现代社会和互联网的发展，信息的传播和接受更加便捷，诗歌的阅读与创作方式也在潜移默化中被改变，在信息量无限扩大的互联网世界，远离喧嚣、静赏诗意显得尤为珍贵。

中国诗歌网正是在这样的背景下应运而生。作为国家重点文化工程，中国诗歌网以建立"诗人家园，诗歌高地"为宗旨，迅速成为目前国内也是世界诗歌类互联网专业出版平台和中国诗坛最具权威性和影响力的文学阵地之一。

互联网时代诗歌创作的便捷激发了一大批诗歌爱好者与诗人，他们在公交车上写诗，在工作间隙写诗，他们创作的诗歌作品贴近现实与生活，在追求好诗的道路上不断前进。春风文艺出版社有着久远的诗歌出版史，

《朦胧诗选》和《汪国真诗词精选》，曾一度畅销。近两年，春风文艺出版社一直致力于打造优质诗歌的品牌。本着推介中国当代诗人的原则，中国诗歌网与春风文艺出版社决定联合推荐出版"中国诗人"诗丛，共同打造"中国诗人"这一诗歌新品牌。该诗丛计划出版百部优秀诗集，在注重诗歌质量的同时，力求结合互联网与传统出版的优势，通过直观的文本呈现向读者介绍一批热爱诗歌、坚持诗歌创作的诗人，以期汇集中国当代诗歌优秀成果，展示当代诗人的创作实绩与创作风貌。

作为国家文化工程的中国诗歌网，推出"中国诗人"诗丛，也是在整个民族复兴的伟大进程中展示中国人崭新的精神风貌。因此，我们在百花齐放的诗坛，特别关注有家国情怀的厚重力作，提倡来自生活的独特发现，鼓励创新探索的艺术精品，推崇高雅纯真的诗情意趣。我们希望这套"中国诗人"丛书是体现诗坛正能量，能够引人向上、向善、向美的诗歌佳作。

我们满怀期待，我们也真诚希望广大诗人和诗歌爱好者关注这套诗丛，与诗同在，我们为此感到自豪和幸福。我们期待更多的诗人加入我们这套丛书，我们也期待这套丛书走进更多读者的心田！

叶延滨

2017年中秋前夕于北京

目　录
CONTENTS

稻田向晚

立秋	/ 3
落花	/ 4
流水	/ 5
雨乐	/ 6
晴朗	/ 8
玉米	/ 9
晚牧	/ 10
倾听秋天	/ 11
黄昏，路过服装街	/ 13
中秋月色	/ 14
和母亲打扑克牌	/ 16
母爱的旗帜	/ 18
打开那扇门	/ 21
我们相伴	/ 23

目 录
CONTENTS

一场访谈惊醒我的睡眠	/ 25
番茄立在雨中	/ 26
踏凉	/ 28
在秋天的阳光下行走	/ 30
边缘的秋天	/ 32
九月果香	/ 35
蜻蜓	/ 36
稻田向晚	/ 38
阳光下的稻草	/ 40
睡在书本上的孩子	/ 41
喂孩子米饭	/ 43
墙上的风景	/ 45
一阵清凉注入灵魂	/ 47
干草覆地	/ 49
露结为霜	/ 51
鸟鸣	/ 53

目　录
CONTENTS

唐诗里的冬天

冬天	/ 57
唐诗里的冬天（组诗）	/ 59
冬月	/ 64
冬雨	/ 66
冬风	/ 68
药	/ 70
初冬晴日	/ 72
窗外暖阳	/ 74
飞雀	/ 75
风中舞	/ 76
雪之树	/ 78
冬至的风	/ 80
冬至饺子	/ 82
春节走来的路上	/ 84

目　录
CONTENTS

街上的红气球　　　　　　　　　　　　/ 86
回家过年　　　　　　　　　　　　　　/ 88
贺新年（组诗）　　　　　　　　　　　/ 90
腊月里的节日（组诗）　　　　　　　　/ 92
电线上的音符　　　　　　　　　　　　/ 96
大年过后（组诗）　　　　　　　　　　/ 97

夕阳的花园

春日　　　　　　　　　　　　　　　　/ 103
春日乡间（组诗）　　　　　　　　　　/ 104
春天的城市（组诗）　　　　　　　　　/ 109
春风杨柳万千条（组诗）　　　　　　　/ 113
向阳的坡地（组诗）　　　　　　　　　/ 116
花之语（组诗）　　　　　　　　　　　/ 122
种菜　　　　　　　　　　　　　　　　/ 126
早晨的声音　　　　　　　　　　　　　/ 128

目　录
CONTENTS

星期日中午	/ 130
练声的老人	/ 132
深夜水管的嗡嗡声	/ 133
面对桃花	/ 135
家居生活	/ 137
夕阳的花园	/ 139
旧信	/ 141
忧伤	/ 143
清明雨	/ 144
风吹来的花潮	/ 146
回故乡	/ 148
鸟啼	/ 149
与朋友相聚	/ 151
喝酒	/ 153
浇花的女工	/ 155
闹市区静坐	/ 157

目 录
CONTENTS

弹拨一种声音

下班买菜	/ 161
河水	/ 163
净地	/ 165
等车的孩子	/ 166
迎接"六一"的孩子	/ 168
六月的歌谣（组诗）	/ 170
看车	/ 174
纸飞机	/ 176
参加家长会	/ 178
臭	/ 180
光临蛋糕房	/ 181
播种蛋糕	/ 183
后高考时代（组诗）	/ 185
茶座里	/ 188

目 录
CONTENTS

一个人的儿童节（组诗） / 190
父爱 / 196
雨中的一片绿叶 / 199
夏日短章（组诗） / 201
过街的红皮鞋 / 205
熟透的果子 / 207
桃 / 208
在4S店喝咖啡 / 210
伞花朵朵 / 212
收购季节（组诗） / 214
爬仓上垛的日子（组诗） / 218
理发 / 222
菊花茶 / 224
一幅画 / 226
海边观潮（组诗） / 227
阅读笔记（组诗） / 231
疤痕及其他（组诗） / 235

目　录
CONTENTS

尘世写生（组诗）	/ 238
夏秋之交（组诗）	/ 243
由《悯农》想到的	/ 248
弹拨一种声音	/ 250
音乐中的瓜	/ 252

后记　　　　　　　　　　　　　　／254

稻田向晚

立 秋

携着雨水的手
娇柔季节走出闷热地带
咦，天变凉了
果香弥漫，香透心扉

眼前是秋的家园
鼓掌的叶片愈发明亮
谁说向晚时日春光消散
季节敞开凉爽的怀抱
窈窕的身姿依旧诱人

步入新天地
晴空之际去望云
多雨时分可以"看海"
不在乎衣襟、发缕和脚步
欣喜和祝愿全都是季节的孩子
拥秋共欢，与秋同舞

落 花

瓣瓣笑颜铺满小院
善良的阳光
为你们披上轻柔的暖衣
一丛茂盛，一片碧绿
环护今生最后的芳香

通往团聚的路愈来愈宽
爱情，也许只有
南来北往的风儿才懂
弥漫憔悴的心
此刻早已营养丰富

谁提着今朝
最后的灯盏走来
我看见凌空掠过的鸟啼
悄然散落一串串泪滴
令人叹息

流　水

跳跃，奔波
路过青石滩
溅起水花朵朵

朗照的月色呢
隐于澄清的诉说后
橐橐临近或远去的足音
与岸边野蒿捉迷藏

绕行芦苇棵
旋舞复旋舞

一行白鹭惊复下
浅浅石溜泻秋声
剪水作花飞
原来似雪不是雪

雨 乐

立秋拉开新一个节气的序幕
雨水和音乐相伴

滴答答,哗哗哗
大珠连成线
小珠落玉盘
满天的泪眼迷离
铺地的泪花四溅
清凉舞台,激情水器
把这个世界的期待
轻揽入怀

耳朵是心灵使者
附着在草茎上,叶片间
就连屋檐下的鸟翅
静悄悄倾听
也与那晴空扑棱棱的飞翔一样
美丽,亮艳

雨乐弥漫
蘑菇般的雨乐根植于心田
阳光的味道成为回忆、梦想
秋天的门槛洁净、美好
让花儿的微笑慢慢坐下去
品享幸福和未来

晴 朗

多雨的庭院，霉味四溅
丰腴的秋天一点一点瘦了
阳光从叶隙、草茎或墙缝间爬出来
隐匿的时日寂寞、无奈

那暗影是谁？随风倒下的声音
只有打马而过的诗人才能听得到
摊晾开来的心绪香气弥漫
更大的欢欣，被越来越密的照耀淹没

逃出阴郁，温暖如水的秋
多像乡下老家屋檐下独坐的老人
她以羸弱之躯修筑的祈愿
越升越高，高过了头顶的白云

玉 米

千年收获
千年不变的颜色
裁剪鲜亮的新衣越冬
吹燃高耸的火焰御寒

母性的田畴
静坐夕晖
前朝的回想遍地虚幻
路边，墙头，屋檐下
收留着千里单骑
甜甜的梦呓
风声并雨声吟高山流水
不经意让含泪的泥点
溅起万花朵朵

晚 牧

青草对于羊
一如记忆喂养我
洁白的云朵从天空落下
被夕晖之水轻轻洗濯
几个孩子围聚在一起
设计几十年后的心灵放牧
我的目光独坐田间
任草帽和烟袋苍老的意象
把旺盛的日子咀嚼

倾听秋天

隐于树丛的鸟鸣流波滴翠
四散的果香传递祝福
风吹起的思绪,高过蓝天白云
满目的小草、藤蔓
抖抖身上披挂的雨衣
湿漉漉的脖颈多么美丽

倾听有多种形式
八月中秋的月光只是经典的一种
谁躲在声声静寂背后
细数无名虫儿攀爬的脚步
一缕亮光从石击水洼中飞出
清凉的音乐翩翩起舞

秋声本是一个民乐合集
更多的音符蕴于成熟的笑容后
时令的舞台公平对待每一位演员
无论阳光召唤还是风雨洗礼

丰收

庆贺

乃至一个人默默打量

都是让这个世界陶醉的旋律

黄昏,路过服装街

夕晖的映照里
百色千姿的服装
幻为我眼际的帆影
我涉足这条意象的河
手指深入金黄色的河水
时而划破缄默,划破宁静

我随波逐流
相依美感与温馨
两岸的目光洁如鸟羽
微笑花朵般绽开
喧沸人语是河中清亮的水声
或轻或重,走了很远以后
依然悦耳动听

中秋月色

薄薄的,是一卷摊开的素帛
由目光书写思恋
任乡愁如水墨泼洒
微信、微博和手机
还未诞生的年代
唐诗宋词脱颖而出

凉凉的,是一泓清澈的湖水
月亮像母亲的大眼睛
星星似童年丢失的小梦想
那打起一个个"旋花"的瓦片呢
蛐蛐儿是此刻最欢快的鱼
噙露的树叶草茎,心事满腹

浓浓的,是一锅煲透的老汤
天为口,地做底
思绪与联想光滑若瓷
仿佛景德镇做的一样的大海碗

民谣居其内

故乡隐其中

大快朵颐在窗前

和母亲打扑克牌

十余张新鲜的叶片
长在我们手中
长在母亲手中

善良这粒种子
从初始,就深藏于母亲心田
开出美丽的花朵
并一直芳香我们

母亲白了头发
花了眼睛
依旧不愿让我们品尝失败
她说,那滋味
含有太多的泪水

母亲握扑克牌的姿势
使我感觉
早年她是怎样

把我们的童年拢于膝前

我们和母亲
从Ａ打到老Ｋ
从乡村打到城市
始终沉浸在幸福的氛围里

母爱的旗帜

从我们呱呱落地的那一刻起
母亲的手指,母亲的目光
携带她的心血和汗水
将一面圣洁的旗帜,连同爱的希望
坚韧地缝进我们生命的殿堂

我们的成长盛开甜蜜
我们的梦呓结满微笑
一天、两天……多少个日子过去了
母爱的旗帜在我们身后鲜亮依旧
但我们的母亲,不声不响
头发白了,腰背驼了
原来黑夜里也可以穿针引线的眼睛
竟被一种叫"花了"的东西
无情击伤

风雨被母爱隔于幸福之外
阳光为母爱导入心灵

一年、两年……岁月的流水怎淌得那样快

我们才忙完学业，刚开始事业

母爱的旗帜却随着母亲的身影

远离了我们的功名，我们的爱情

那默默的注视与珍藏啊

化作了她喜悦的泪花

在老家那个温馨的小村庄

春种秋收，冬暖夏凉

我们奔波于天南海北

始终也不会走出母亲的心房

母爱的旗帜给予我们的

不单单是凭依，是遮挡

它还是生我们养我们的母亲

守护一生的恩泽和幸运

等待儿女们衣锦还乡

手机连起亲情

脚步传递着欢畅

今天，明日……无论至何时

母亲缝进我们生命殿堂里的那面旗帜

都将与爱相依

与心相随

高高飘扬

打开那扇门

阳光照耀的暖房
母亲的指端开满花朵
打开那扇门,你说
看看里边有我想吃的什么呢
馥郁的香气
沁你心脾

暖房的食品柜
扑棱着花朵的影子
金黄,闪亮
你摇摇母亲的手臂
如摇曳一根柔韧、飘香的果枝
谁牵着那匹饥饿的小白马
从画书中嗒嗒走来
临近母亲的嗔怪
又转过头去

你乘隙而视,空落挂满眼睫

一种无韵律的声音

断断续续

随后从远方淌来

你步履迟疑

神情犹豫

阳光照耀的暖房

母亲关闭了食品柜的门

门上的花影依旧洋溢着馥郁的香气

你仔细品味个中意蕴

打开那扇门，填满劳动果实

最后让谁撷取

我们相伴

为愉快和美好所滋养
青春的你,婚姻数载
爱情被锻铸得更富有力量

一起把汗水洒向果实
一起坐在阳光下,嗅着四周
经久不绝的芳香
你在谁的陪伴下日出而作,日落而息
善良的人儿于你心中
独来独往

偶尔在泥泞中跌倒
是谁手执一把黑伞
折断了雨的利箭
当我们面含微笑相对而视
那首传颂至远的谣曲
携带吉祥的光晕
在我们头顶轻轻回荡

幸福的你，踏歌而行

我的魅力是你身后紧随的影子

在过去的岁月

在将来的日子

我们至亲至爱，把烦恼和痛楚驱逐

远离心灵的殿堂

一场访谈惊醒我的睡眠

纯粹的瓦片柔得像那包裹民谣的蓝花布
雨水的手指轻巧、欢快
秋夜,我发现一场访谈
引珠入流,将古典和现代结合在一起

与瓦片相偎相依
述说的雨多么像当年青头涩脑的我
只是,雨更青春、激情和健谈
让早先那支一明一暗
填充了无数梦呓的烟袋锅
从此没有状语和补语

联想夜色里瓦片湿漉漉眺望的样子
满目的思念汇成风声、雨声
八月中秋早已在果香的来路上
我知道这个信息,秘而不宣
其实是等待一个花好月圆的时机

番茄立在雨中

被豫北的雨洗着
叶子下一张圆润的脸
由小变大
由绿变红

红润润、硕大的番茄
穿越阳光地带的痕迹明显
雨铺开清亮亮的盖头
吉祥的光泽不断闪现

立于豫北的雨中
番茄
与高大的梧桐和钻塔一样
在拂动的目光下
结满想象的花朵

谁伸出一只手
生机勃勃的叶子下

袭过一阵风

一颗成熟的果实
雨意深深

踏　凉

是谁让你愁眉紧锁
是谁让你芳心郁闷
走，趁着黄昏小雨未歇
我们执爱在手
向清凉的腹地进发

瘦瘦路径迷离
有秋蛩隐于绿丛中
沾满果香的音符，从前方
那盏高悬的灯火上飘然而下
打湿了我的眼睛
也没有避开你清秀的面颊

挽着你的絮语
足音与镜子里的积水对话
谁的影子淡去
谁的释怀开花
暮色四合里，你期盼的温情

平平静静若拂面的风

只有感念的心跳在爬

饿了，进路边餐馆

要一碗牛肉面

和爱情相偎相依

旁若无人的营造里

我的微笑照亮你的额宇

我的安详带你回家

临近踏凉的码头

你的脚步顺着秋蛮的琴弦

跳上顽皮的制高点

我却看见那玉足上袜子的花边

一闪一闪

把你轻松的积存恣意挥洒

在秋天的阳光下行走

温中泛凉的秋
被阳光爱着
喜庆的氛围,与众多果实相聚
以祝福表达我们
身临其境的心情

向四方伸展的路
一如芬芳的枝
我们涉足其上
阳光的柔情,透过
我们的黑发和衣饰
深入内心

不远的前方
总有一个安谧的归宿
让我们终生依恋
特别是此刻,金子般的秋
与阳光结合

一种心跳
使我们前进的脚步加快

我们走过十字路口的期待
走过爆米花老人
和一群孩子的欢呼、雀跃
倏然发现,阳光下的秋天
吉祥的事物数不胜数

边缘的秋天

城市与乡村的界线越来越细
我的单车借着清冽的晨风
把四处搜寻的目光
像刀一样劈开

黄土地的颜色仍旧未变
这从城市新修的环城大道旁
预留的树坑可以看出来
白萝卜，红萝卜，黄豆荚
迎风长在路边视线的最高处
边缘的城市一身疲惫
而田畴里稼禾的绿衣裳
蕴含了乡村更多的羡慕和期冀

一声豫剧《朝阳沟》选段
由绿藤碧树掩映的小屋里传出
三三两两由身边走过的村姑
对面楼房阳台上手搭凉棚的主妇

哪一个心中收藏着"银环"
早年不悔的选择与笑容

城市和乡村
边缘的秋天之海
墨绿是海上疾涌的浪波
虫鸣是隐于深海的游鱼
我的单车则是突兀袭入海面的渡船

偶尔驻足一下
嗅一嗅边缘秋天的成熟气息
乡村的歌谣已经轻泛于眺望之上
城市建设的步伐
正如扫落叶的秋风一样
摧毁了记录历史的坟茔和墓碑

铁制的锹、镐、铲
不时从附近的乡村庭院里
闪现苍老朴素的光芒
城市这边,游动的吊车
却似是被脚手架簇拥的一只大鸟

其伸展自如的铁翅

叠加着初生太阳柔和的羽翼

我的单车默默地

在城市和乡村的边缘地带穿行

日渐宽阔平坦的道路上

随着时间的推移,有更多的

名牌轿车疾掠而过

它们的身影不知不觉,让我加快了

脚蹬车轮的频率

九月果香

混合着联想与陶醉的大水
在秋高气爽的九月弥漫
一块儿被打湿的,除了
此起彼伏的虫鸣
还有那轮渐渐升空的圆月

这个世界太多智慧
永远不要小瞧轻柔的力量
你看,生长的锋芒正日臻消退
一场大水泛滥成灾
爱情的堤坝被果香冲垮

蜻 蜓

乡村这棵硕大的树
无形的枝干四处延伸
蜻蜓一只只挂于其上
迎风而舞

野青草的气息
秋庄稼的气息
在蜻蜓的薄翅上弥漫
我们徒步走在乡间小道
来自城市的鞋子
被泥土和空气包围

蜻蜓成为乡村的叶子
是谁的眼睛中
最先发生的美妙的变异
我们惊异于乡间美丽的黄昏
不经意做蜻蜓之姿

蜻蜓吮吸着乡村的乳汁

形象透亮

清晰

稻田向晚

稻田坐在乡村的暮霭里
宁静，平和
我们的脚步
被旁边的垄沟与田埂诱惑
轻缓地向前、向前

青蛙碰斜稻草
秋声撞响水面
我们看见，拥戴稻田的
亿万颗头颅
低垂下，金黄一片

舒展四肢
轻松漫游
一种置身米仓的感觉在心底收存
自然之爱披满我们周身
昼，欲尽了
乡间的亮色

丝毫没有减退

背后
涉露而至的虫鸣
突破宁静
不停发布季节的消息
我们与稻田交谈
心境被一支悄然出墙的民歌探入
月华般纯净

暮霭一点点浓了
成熟的稻田
仿佛众多乡亲的塑像
以一袭温柔的晚纱
报答秋日的馈赠

阳光下的稻草

寂寥是一顿大餐
盛在阳光的金碗里
慰劳着德高望重的稻草

将稻谷掬给粮仓
把微笑献予农人
远方的稻茬
隐于结冰的水面下
满腹心事跃跃欲试

稻草手挽着手
挽成了一捆捆低矮的树

日趋向晚的树
无法再生长的树
稻草循着时令之门
跨入一座幸福的庭院

睡在书本上的孩子

书本做枕,书本当床
孩子甜甜的睡梦
结满语言文字的枝上

纵横交错的文字
体味了温柔,良好的品德和思想
安静睡眠的孩子
幼小的灵魂
奔跑于大段大段文字中间
他的留恋和赞扬
已经洒满诗歌这美丽的家乡

书本和文字
暖暖的诱惑
让睡眠的孩子
忘记了小鸟和风的歌唱
谁的目光,此刻满含慈爱和祝福
在他澄明的周围

无声无息,音乐般流淌

孩子用芳香的小手
抚摸一下鼻子和眼
照耀的太阳,敛去了四射的光芒
落隐于西山下的村庄
他打工的母亲也将要归来
臂上缠绕着的
是永远青嫩的童谣和吉祥

喂孩子米饭

这大米,这细碎的白玉
散落于奶乳般的水中
你看上一眼,摇摇头
什么东西在背后吸引你

餐桌边坐着爱你的人
每一双期待的眼,都盛满大米的情意
你挪动脚,吮吸一口奶乳
一种微亮的光泽
涂抹你芳嫩的红唇
而后,谁的赞誉搂抱着你
讲述大米,这采自农田硕大的玉
在到达城市我们的家以前
经过多少风雨的冲刷
经过多少机械和汗滴的磨砺

你心满意足,呼出一口长气
大米的哺育让你快乐

感受温暖的临至
你离开干净的碗,走向敞开的门
谁的笑声传来
布施爱你的人的眉宇

大米,大米
给你茁长和健壮的洁白的玉

墙上的风景

淡雅的构思里，一顶草帽
一顶精美的麦秸草帽
悬挂于墙上
洁净的墙
爱意流动不止

一只幻化的蝴蝶
自草帽的肖像中脱颖而出
墙上泥灰的气息
一如花朵消散了芬芳的气息
那静伏的蝶翅，缠系的飘带
可是你的缕缕情思所织

寻常的家居
幸福和欢乐蕴藏其间
你循着爱意的流向，一双灵巧之手
指引着温馨时刻
渗入生活的四季

墙上的风景

洁净，淡雅

栖息着欣赏者的目光

这不可抗拒的魅力，谁伴其走向永远

那是田园溪水娓娓低诉

那是天庭的音乐袅袅飘移

一阵清凉注入灵魂

年龄变成了腐蚀剂
溶掉青春、激情和灵感
无动于衷的不仅仅是手中的笔
心底的绿,正与秋天枝头的
那些黄叶为伍

我还想歌唱
可声音被含尘的风吹拂
只剩下孤寞的标本
声音的标本,杂乱、无序
堆积于满眼或胖或瘦的时尚里
早已失去了名字

一阵清凉
注入了我的灵魂
我从平凡的事物中,再次
捕捉到诗歌的光芒
她们温馨、娇美、富有弹性

迸发着无限爱的力量

不知那昔日的伙伴
有谁会像我这样幸运
面对人生秋天，爱的点赞
诗歌的力量
他们让我的柴门洞开
为岁月的雨
为今秋的缕缕果香

干草覆地

原本碧绿的草
一阵风后就枯了
满地的叶茎还未搬家
剪水作花飞的仪仗
静悄悄已经临近

喂大的牛羊
像马灯一样暗淡
曾嬉闹的花儿虫儿
都匿入各自的巢穴过冬
匆匆鸟雀,是少有的
还在走动的朋友
虽高高在上,仍有
一道光芒穿越心空

干草覆地
伏下
一粒粒呼唤、期待的种子

明春的约定根系发达

未来大地伴随着泥软燕飞

一定会愈发郁郁葱葱

露结为霜

一粒粒遇冷凝华的小水珠
沿着夜色的藤蔓
爬进季节深处
千里沃野,银色冰晶闪亮
映射得枯黄的树叶充满相思

寒霜的光影熠熠
使得初冬的天空愈发幽暗
鸟啼止了,夜灯熄去
空寂的溪桥、驿墙和木窗
有新裁的薄衣驱风聚暖

大地的心情轻松
蛰伏的小虫儿步入冬眠
宁静的转季时刻已经来临
露结为霜,天气趋凉
霜降见霜,米谷满仓

现代化的劳作方式

改变不了乡村的质朴

来自众多植物根须的水分子

始终是秋冬交界处的使者

把来年的收获默默递送

鸟 鸣

不同于春天的言语
被北风吹凉
头顶的天空怎这般清静
是谁的打扫
让鸣唱的鸟儿
失去了匿身的草房

循着声波的来路
寻觅淙淙泉水
自然的泉水，心灵的泉水
从几只鸟儿的喉管流出
湿润了我的目光

低诉依旧
衷曲照常
饱蘸了寒冬的况味
寂寞的舞台上
越发思念花开的故乡

唐诗里的冬天

冬　天

乡间的小径找不到通幽处
在寒冷的风中
像个无娘的孩子满世界乱爬
太阳住得太高太远
也爱莫能助
那由衷的叹息被四散的落叶
收进了行囊

护青人的低矮小屋
是田野里最后一棵庄稼
熟透的气息
此刻只能温暖回忆
谁家的小犬狂吠了两声
这偶尔袭来的关切少之又少
转瞬也被寒风的脚步
粗暴带走

冬天统辖的日子

一线长过春夏万丈

草根盼着,树梢望着

寂寞的乡村屋檐

挂满了辣椒、玉米的红灯笼

不忍离去的鸟儿惊惶一瞥

剪水作花飞的雪

一夜之间

倏然抹平肃杀的一切

唐诗里的冬天（组诗）

剪水作花飞

寒冬的大帐一望无际
静观的将士远离厮杀
树，房屋，像楼台一样
堆叠的牛羊和柴垛
让诗人的眼瞳明亮如月辉

自然之水，人文之水
随一双无形大手轻盈翻飞
花开了，心香了
眺望中的阳春三月
正驾驶浪漫之车徐徐临近

披着表象外衣的风
再怎么展现自己的雄姿也枉然
穿越仙人手指的禅语
淡泊锋锐，法力无边

早已压过了你那呼啸的声音

墙角数枝梅

被寒冷驱赶得无助的目光
在此温暖入怀
小小的梅儿，小小的灯盏
有你们的暗香相伴
人生途中还惧怕什么敌顽

衣，依旧是母亲缝制的寒衣
但心早已多了份红颜
红颜知己，红颜知心啊
红颜代替母亲在这寂寞的异乡
细诉爱的坚定和勇敢

尽管栖身地仅是一隅
可这足以让你们傲霜凌寒
雪不经意擦亮一面明洁的镜子
烛照着红装素裹的你们
幸福着心花怒放的我

时闻折竹声

雪太重了
融集着万千魔力的晶体
压塌过房屋,压断过供电线路
压折过游子焦灼的目光
何况脆弱的竹呢

挑灯夜读的唐诗中
折竹声时隐时现
我的窗外,是流行生长
钢筋和水泥的城市
粗大的树木
早已将虚心、有节的竹
撵到了山林水乡

雪太毒了
夹杂着尘埃和细菌的冷面
让脚步谨慎,让车轮缓慢
让脑袋小心翼翼

谁敢说人就一定强得过竹呢

四季常青的竹
挺拔向上的竹
无论身处何地,始终
为我们树立人生的标尺
雪借寒冷,掠珠夺玉地来了
但愿有众多的竹
能逃过一劫

山冻不流云

被冻的山
其实就是块大腊肉
那切肉的刀
绕山而过,水深融雪
一如溪流淙淙

可望而不可即的云
仿佛谁家女儿的饰物
如今

山外大都春暖花开了

封闭和寒冷

只能让叹息止步

冬 月

汹涌的暮霭汇成大海
看不见的桅杆上
挂着一张冰凉的笑脸
早先嬉闹的秋虫
不知去哪里串门了
余下高速路上闪烁的灯光
和路旁朦胧的树梢做伴

月色郁闷,月光冰凉
暮霭的大海茫茫
满世界不见一位歌者
或低吟,或浅唱
月都瘦成一把镰刀了
收割着乡愁与无奈
倾洒着思念和悲伤

坐在车里赶路的人
此刻与荒野里的一棵稼禾

没有什么两样

但他心中也藏着思念

那就是快快回家

好将冬月下的寂凉

尽早填进母亲燃烧的灶火

化作一通长吁的舒畅

冬 雨

冬天最温暖的时候
剪水作花飞的景致
仍困于诗人浪漫的心池
淅淅沥沥的幽怨诉说
踱步于凉床般的地面上
滴流成线
风吹泪斜

伞在这个季节往往被忽视
湿漉漉的情愫
如一汪堆不起来的积水
黄叶在眼前划起了小船
许多东西躲进该与不该的角落
思量目光所及的得失

冬雨漫无边际地下着
冰还在去年的庭院里玩耍
谁立于高楼的窗前眺望

一位老人扯着一个书包归来

一辆汽车飞溅起水花

把路边躲闪的虫儿打哭了

冬　风

一群喷着凉汁的小爬虫
借着风的疾翅
扑向脸颊，深入
肌肉和骨缝
我看见许多大树一抖身
枝头便秃了

因为寒冷，飞翔
有点僵硬和惶恐
谁持一把铁扫帚
将温暖的痕迹打扫干净
空余淡淡流云
寻找梦中那快乐的白羊

窄狭、脏乱的街口
有几位男女
笑容被刮皱
频繁往返的出租车

生意兴隆，把张望和等待
与跺脚的声音一起载走

虽生于同一个季节家族
冬与春夏秋的性情迥异
吹土扬尘，拂热布凉
众多心绪处于失意状态
其实它们有所不知
穿过苦闷，便无沮丧

药

我痛楚的脏器
面对药的到来,惊喜而又畏惧
苦涩的药
一如青青未熟的果
在心园,暗育甘甜和清香

在靠向药之前
妻子的目光,已无数次注入
火焰上滚沸的药罐
她洁净的手指
曾一瞬间幻为许多根
那些来自峰巅、峡谷
甚至密林深处的药材
走在一起,团结一致

药,以苦涩难咽的语言
答谢着人们
这让我油然念及那些逆耳忠言

字字句句，利举益行
始终一服良药的秉性

药与妻子的嗔怪
汇入我的血液
我的心底，随着时间的流逝
是什么滋味一阵阵泛起
轻松，愉悦，舒坦

初冬晴日

明晃晃的地面是弹跳床
阳光从脱掉绿衣的枝头蹦下来
跃向空中,落到房檐
车顶,抑或挥舞的手臂上
沿街高楼朝阳的墙
也被镶嵌了一面面大镜子
任欢快的鸟儿照啊照

照出怕冷的小动物满地爬
照得枯萎的花草挺直腰
北风的利剑怒吼着,却折不断
冬日阳光的温暖和妩媚
冰雪到来的消息讹传了多日
始终难以阻挡人们的脚步
该遛弯时遛弯,该驻足时驻足

驻足,把阳光的恩泽收藏于心
以备明年春天希冀永存

冬日不是时令的终点只是驿站

阳光遵循大自然的旨意

一边将幸福的种子普洒人间

一边把照耀下的孕育和生长

汇制成果香飘飘，驰至九天云外

窗外暖阳

玻璃竖起光洁的墙
暗蕴的锋锐噌噌作响
冬日阳光是一位智者
温稳大气,轻而易举
就让玻璃放弃敌意和顽抗

光芒列队走进来
窗内气温被朗照提升
话语机敏如游鱼
举止化作了二月的树
有盛夏的花,簇簇朵朵
隐于阳光坠落碎裂的疾绽中

飞　雀

天空偌大，你们偌小
翩翩洁翅扇动
对绿水青山家园的向往
不悔的选择与坚持
让冬日的寒潮远离

高处胜过陆路、水路
无边的飞翔称心如意
无论是一道锐利的光芒
还是成为一个浓缩的黑点
空中之行始终通往理想之地

所有的生长被征服了
弹弓，猎枪，欲望的眼神
却仍是需要警惕的暗伤
闪电之翼，划破窥视和觊觎
你们的欢乐更在远方集聚

风 中 舞

寒冷是所没有围墙的学校
枝条,叶片,失重的心
相继被培养成舞林高手
天气凉了,风景乱了
憧憬的目光依然清澈如水

舞上空中的并非辉煌
舞落地面的不全是忧伤
舞到墙角的有梅相伴
舞进眺望的每一个选手啊
它们的家乡四面八方

谁说舞是雨蝶翩翩
抑或剪水作花飞大戏的前奏
太阳下的白光正悄悄布暖
远处有干草拨动竖琴歌咏
近地有冬眠的小虫儿张扬翅膀

避风取暖的老人眉飞色舞
一旁的拐杖扮起了孩童的模样
左歪,右躺,曾做谁胯下的木马
那嗒嗒嗒奔跑的声音,早已
将记忆的窗棂擦亮

雪 之 树

世上的树有千棵万棵
你是性格最鲜明的一棵
冰凌做花,水雾结果
幻想的树干让眺望的视线
始终鼓荡潮润的光波

无雪之地的联想
离乡游子的精神寄托
风再疾,雨再挤
都抵不上冬天对雪的祈盼
偌大心田寂寞如丝
丝丝缠绕着树影婆娑

剪水作花飞的时刻来了
你变得更强更壮
梦境的植物,涌动的色彩
莫不是圣诞老人的微笑
早已使清凉的思绪

乘着向上的爬犁，对雪当歌

雪之树汲爱疯长
营养的枝叶伸至梦呓深处
庭院深深，浪漫劲舞
上天的使者携带祝福
悄悄莅临我们诗一样的小窝

冬至的风

很冲,很冽
是今冬以来最有力量的一支
吓得温暖
一路走低

这是堂弟过来后说的
刚参加工作的他
借着风力,从城市南端
轻松来到位于城市北边的我的家中
他说,怒吼的风声
真像是童话小说里的野兽
让人恐惧的同时
更加孤单,无奈

我坐在书房里
感叹有暖气的日子
冬至的风猛拍窗户
声声唤我

不知远方的乡下，我的父亲母亲

中午想起来包饺子了没有

冬至的风

抽打着天地间无依无靠的生灵

树枝头的叶片没有了

墙角里的杂草、纸屑和塑料袋

挤在一起仍瑟瑟发抖

缩着脖子竞相赶路的男人女人

哪一个是我的至爱

可惜无情的肆虐

模糊了注视的眼睛

一年中白昼最短

黑夜最长的日子

冬至的风别具况味

让我心底泛潮

冬至饺子

民俗当皮儿

亲情做馅

将一锅热闹

煮成欢乐的海洋

面粉模拟雪花

飞上母亲的眉睫

酱醋演绎春天的雨滴

一不留神

就跌入父亲的笑声里

盘子,筷子,祝福的言语

全都成为冬至的武器

寒冷被赶到屋外了

冬天隐于呼啸的北风里

呜呜哭泣

吃吧

博大精深的饺子文化

已经将冬至

装点成了一座宫殿

歌吧唱吧

吉庆相伴,阳光做灯

我们的幸福比一生更久长

热气腾腾的饺子汤

收藏着古老的谣曲

冬至饺子在岁月的流水中

跋涉了百年千年

祛寒娇耳的韵味犹在

春节走来的路上

天是净的
地是净的
涌动的脚步和车流
是净的

纯净的
还有心情
年复一年的"年"
坐在春天的马车上
把欢欣引入
贺岁时光

父亲点燃的小炮
味道是香的
母亲蒸的包子和腊肉
味道是香的
老屋潮乎乎的气息
与"香"字

也是零距离

芳香的
还有思绪
周而复始的"春"
住进年的宫殿
梦比酒香
情比炉暖
团聚比什么
都好

街上的红气球

是炸裂的爆竹
转世的缤纷花雨
还是喧闹时刻过后
遗下的恭贺与吉祥
街上的红气球
从什么时候,高高飘着
雀跃的孩子
凉中仍泛暖的阳光
让喜庆之气
始终洋溢于大地的厅堂

红气球托起了岁首
一种最鲜最艳的色调
人们的思绪,相携着阳光
陪伴红气球轻盈的身躯
飘来荡去,抵达高处
此刻,为怎样一类利器
所伤所累的心扉

悄然敞开，泻入满地欢畅

紧提脚步
把眼前这众多红红的亮点
收存于心
为未来长长的日子
准备御寒的食粮
春风里，跑动的孩子
响亮的笑声
自自然然，道出了很通俗的祝词
人生的幸福
已默默在春天的歌谣下
广泛蕴藏

回家过年

道路铺展在心底
春节是街口缀满眺望的一棵大树
走啊,将欢笑叠压成
回家的车票、船票或机票
把365个日子的酸甜苦辣
化作奔年而去的脚步
铆足劲儿生长

新春到了,吉祥无限
家中的饺子早已包好
墙头的鞭炮像瓜藤一样垂了下来
护院的小黑狗忠诚依旧
重逢的泪水在汽笛声声的设想里
濡湿了归心似箭的游子
清晰着父母衰老的脸

脚步落在雪地中
雪地盛开美丽的花

脚步落在泥水里

泥水惊得四处飞溅

脚步落在四通八达的高速路上

平安如期而至

脚步落在城市，落在了乡村

熟悉的门楣贴满期待

年味儿浇灌亲情

回家好好把幸福品享

迈动的双腿，汇就了华夏岁末年首

最耀眼的一道风景

我们两臂伸开，将恩泽拥抱

从此别梦乘风去

大红灯笼高高挂

映照的是喜悦、团聚和甜美

贺新年（组诗）

买 爆 竹

逢年过节最畅销的
爆竹是其中之一

孩子拉扯着你的手
爱人的微笑
在你身边快活如菊
你轻松自由地选择
满街的热情
一遍遍提醒你
欢乐阳光将至

来往穿梭的人群
任爆竹若船
泊于清澈的目光之上
你困惑于断断续续炸响的呼唤里
驻足，行注目礼

对　联

红纸黑字
写着人们辛劳了365个日子以后
对幸福的感悟

走在大街上
或置身于书店里
对联始终热闹着一个话题
人们各自的虔诚
寓吉祥于其中
寓如意于其中

农历三十
贴花门的时辰
对联整洁地走出来
在爆竹声声的祈愿里
跳上人们舒展的眉宇
大讲特讲它对幸福的理解

腊月里的节日（组诗）

腊 八

所有喜庆都盛在一碗粥里
七彩纷呈，五谷飘香

被雪花簇拥的腊八
冒着热气，让中国结更红
霓虹灯更亮
民间的歌谣成为人们
心尖尖上的喜鹊
新春的舞蹈，化作了街头巷尾
公园广场的淙淙溪流

大米、红枣、莲子
白果、绿豆、核桃仁、葡萄干
腊八粥展开着它香喷喷的叙事
吉祥和祈福，正是这春天叙事的一部分

腊八散溢着美好的想象

在笑容中,在预言间

腊八像十二生肖身上寄予的厚望

将寒冷一点点驱走

把新年和温暖拉近

祷　牙

一年中最后一个牙祭日

在腊月十六露出奢侈的面孔

鱼肉抢占了粗茶淡饭的座椅

荤腥搅得肠胃不得安宁

有钱的,美食一顿

无钱者,也要设法慰劳一下自己

与清淡告别,见证了早年的穷困与无奈

向丰盛靠拢,才是祷牙的目的和终极

衣食无虞的时代

将祷牙节驱逐出生活的词典

素食吃出健康

打牙祭

作为一个怀旧符号

不再有人能够觉察它的存在

祭 灶

灶间依旧弥漫烟火的气息

猪头烂熟双鱼鲜

豆沙甘松粉饵圆

灶神啊,送君醉饱登天门

勺长勺短勿复云

"一家之主"的供奉

不改民间的虔诚

香甜的祭灶糖

愿你上天言好事

扎好的纸草马

助你回宫降吉祥

新年的钟声就要敲响

一身轻松的人们

走出家舍,洗澡、理发

置买年货和酒水

只等幸福来登门

换贴了新灶神

擦玻璃,贴年画,糊门对

点燃烟花,让爆竹炸开

踏着祭灶祭来的好运

过年的人们被欢乐环拥

电线上的音符

冰凉，单调
如早春时节的一粒粒芽苞

伫立于铁质的枝上
音乐之水在羽毛下流动
眺望家园的寒鸟
守护旧地的生灵
朔风砭骨，呼唤声声
搭建空中的舞台
拥祈取暖

檐下的冰凌儿化了
草垛上的白雪融了
解冻的足窝窝里蓄满期待
更多的希冀与欢欣
随着电线上的音符
翩翩在飞

大年过后（组诗）

告 别

满园春光，出门见喜
大年过后的欢乐时光
如那迎暖解冰的潺潺河水
不得不告别亲情、老屋
和看家护院的小黑狗
因为城中那串风铃
正叮当作声，呼唤连连

堂屋前的笑容温馨依旧
配房里的静物
始终使你心中的浮躁难以翻腾
人生的时钟嘀嗒嗒催促
你那欲插进故乡泥土的脚步
被使命和责任感连根拔起

向压水井旁的老枣树挥挥手

朝屋檐下的农具点点头
过年的行李轻了
期盼的心事却又重了
思念伴随着泥暖草生的季节
再次开始一个新的生长周期

返　程

一张车票再次提示上路
喧闹的车站春意盎然
欢聚之后是新的离别
离别的目的地是重挑重担

将轻松和休闲扎进行囊
把回忆与酒香收存于脑海
让春节香喷喷的饺子
在心底长成秋天丰硕的果实
让新年余味悠长的祝福
在又一轮365日的跋涉中
裁剪为我们舒心的衣衫

熟悉的车流、人流井然有序
众多服务的笑脸比年前更红艳
不麻痹，不幻想，不懈怠
带着恩泽和憧憬，我们心满意足
与感激一同踏上返程的温暖
将保佑我们一路平安

夕阳的花园

春　日

气温下降，欲把春变回冬
隐于盛开的桃花下
感觉那雪骑着风飘飘归来
只不过颜色，似被谁的血液浸染

春天与窦娥无关
披绿的情绪由近及远
由高及低
古典的城堡渐渐失散

声声入耳的不是羌笛
禅味的日头法力无边

雨精灵的秉性不改
骤然一阵，间或的几滴
始终是冷空气的随从与跟班
大地上一位宽容睿智的长者
笑看云舒云卷

春日乡间（组诗）

雀 跃

低矮的墙头与草垛比暖
欢喜的亮点随阳光跳起或落下
炊烟是观众，房屋是听众
枝杈上的鸟巢架高回忆

春天的生灵，没有烦忧
就像解冻的河滩泥暖草生
一声声鸣啼化作了音符
振翅在高处，敛翅在家园

晴 朗

被暖阳照亮的道路铺向前方
返青的白杨树列队致意
春天啊，心灵的城堡
多少吉祥蕴居于漫天的水波间

一场恢宏演出与心情和兴趣无关
干酥酥的土地等待花开
美丽隐在眺望之后
无遮无掩的生长朗诵给南风

为雪所滋养的天空准备了足够的飞翔
劳作的脚步声声坚实
我看见一个人,衣衫飘飘
他思想的金币俯首可捡

旧　船

滩区的春天干旱异常
无水可嬉的旧船趴在避水高台下
屋角蹲坐的大哥可是你的近亲
他头顶盘旋的烟圈盛产饥饿和寂凉

风是这个时令最自然的笔
真实的素描把鸟雀惊散
篙和桨是否沿着打工者的脚印也走远了
来自城市的打量,身披忧伤的衣裳

遥想你与黄河浪搏击的日子
一缕侠义充盈胸膛
满身裂痕和辛酸静蕴于遗忘之前
无水之水潋滟于太阳的故乡

粮　摊

路边的门市成为小麦的新房
昔日的种粮人露出了老板的模样
磅秤和输送机代替了锄头、镰刀
一粒粒收获堆高春天的阳光

一支烟连带一句问候
一张笑脸赛过价格的力量
家常话与麦子同等喜人
乡村的诚信散溢泥土的芳香

三马车架子车拉来的都是欢快
大卡车小四轮载去的皆是满意
男女一样童叟无欺就是生意经
越来越红火的经营羡杀了四邻的眼睛

芦　苇

发黄的腰肢依然柔韧
一冬寒霜也未能摧残满地芦花
迎风而起的舞姿赛过麦苗、树枝
贫瘠的苇地蝶影翻飞

绿颜已漫过草儿的头顶
在水一方的佳人走进了民谣
相思织就一份淡泊和安谧
有爱的红尘没有孤单

夕　晖

向晚的太阳跃于西山顶
齐刷刷的树梢托起高远
寂凉沉下来，温暖升上去
五彩光环朗照的是妩媚、隽永

恋恋不舍的情怀感天动地

近黄昏的心境只有老人最懂

面对夜色的围剿处之泰然

日复一日的巡视抗拒着雨水和阴霾

胸怀博大,气吞江海湖泊

无谁能敌的壮举泼金洒银

风吹草低见泥软根青花蕾欲绽

幸福的梦呓款款来临

春天的城市（组诗）

烤红薯的老人

面对城市，背靠城市
你一身乡土
烘烤城市的情绪

除了那架烤炉
谁知道你微笑的夕阳
为什么那般柔软、温和
火钳被你的手指拨动
红薯被火钳拨动

你熟能生巧
只见城市的天气
在身旁"多云转晴"
城市的脚步，潇洒生风

经过了冬天

大雪落上你的头顶
城市望一眼红薯和你
胸中为乡土的厚爱
热气升腾

又见风筝起

一年高过一年的话题
此刻又布满天空
风筝,纸糊的精灵
从谁的手里最先放出
又最终返回谁的心中

源自不同的家族
众多的飞翔争奇斗艳
春天的人们
笑拈幸福,踱出家门
清澈见底的目光
紧系高远

风筝一只只

化作了冲天的春燕

清晨闻鸟啼

小小鸟儿，攀在谁家的高枝
圆润的鸣啼声
穿越距离，直达我的心底

你的四周，可是柔光布暖
你的道路，可是绿毯着地
我于倾听里感受你纯净的声音
你掩藏的欢乐一经泄露
便让春日幸运地捡起

我依稀看见
那条吉祥的祝福短信
正通过你明亮的额宇播发
我的耳鼓，为你的音韵所依附着
而那喜悦的来处
恰巧站着笑盈盈的春日

春天来了

曼妙的爱之音符

从春风张开的洁翼下飘出

感动着枝条,感染了草根

清亮亮的雨滴

无视迟来的雪花夺春

胸怀赞美,将干旱的心田润酥

偕暖而至的春光

承载祝福和梦想

在一粒粒拔节的种子身上找到寄托

十万朵迎春花

打开体内小小的扩音器

歌唱吉庆祥和的祖国

春风杨柳万千条（组诗）

春风罗衣

四季最轻柔的衣裳
披在当炉微笑的胡姬的身上
貌如花的胡姬
美人欲醉朱颜酡
让春意如酒香四溢

漫天疾驰的马蹄
在心间，在耳畔
在日高红装卧的念想里
在杳然而去的桃花流水中

如今，催弦拂烛的是谁
看珠成碧者有谁
东来的春风舞动翩翩罗衣
使唐诗化作醉心的音符
涤荡我们的眉眼

柳条万千

柳姑娘的秀发与飞翔有缘
风起,云落
荡开喜色连连

葳蕤斗篷
面对裁剪的春风
轻松,恬适

枝头鸣啼的鸟儿被惊杀了
欲走还留的振翅
扰乱了阳光布暖

远处,谁家的孩童
拧一管柳笛
呜呜把三月吹响

杨柳青青

从唐诗中折的杨柳枝
插入逶迤的路边
如今已呈青青之势

杨接琴中鹤，柳垂万丈丝
渡水的人们向晚笑
啼山的鸟儿诉静谧

借问南来北往的风
早年故里杨柳陌
衣锦归来醉几人？

折杨柳的胡笳声依稀
怨杨柳的羌笛不再
快意春色，渐渐化作彩云飞

向阳的坡地（组诗）

泥暖草生

草躺在泥土的被窝里
春眠不觉晓

风儿的歌
还有鸟儿流转的声波
让清清小河水
温柔了许多

就像树及其他植物
草对砖石
也不感兴趣

长啊，长啊
适逢天朗气清的三月
草最心仪的饭
便是这暖暖的乡情

鸟啼声声

一遍遍打扫天庭
清润万物心扉
所有机械，都不抵
你的万分之一

自缤纷枝头涌出
从甜蜜的睡梦中奔来
芬芳亮相，让明媚阳光
也不禁怯身逊色

小人物的演出
灿烂了春天的大舞台
一声浅唱，一句低吟
皆比山高水长

河滩春早

苇青，水黄
光嘟嘟的娃儿羞模样

吃草的马儿无谁顾

风吹过的羊群,或俯或仰

手舞,目撩,是浣衣的少女

振翅的燕子传信忙

晴日的河滩是一张绿纸

静架的渔网,网住了潮润润的乡村风光

叶上雨珠

雨过,叶静

谁在上天的魔镜里相逢

被生命之色托举

你得以展现至此时

小小的人儿,自天宫

丰富的宝藏中逃出

无私地为世间营造洁净

风微,吹不散

执着的目光

与树木、花草相聚
鲜亮的翅翼
插满吉祥大地

朋友来电

一只鸟儿飞来
闻其声
心中一片灿烂

熟悉的鸟儿顽皮依旧
叫声传过来了
身子仍隐在千里之外

紧握听筒的手臂
此刻是早春的另一种树

鸟儿,鸟儿
远方的快乐翔于脑海

含苞的玫瑰

春来了,香梦依稀
风儿携着鸟啼
在身旁敲起小鼓
你排了一冬天的队
伫候的花期,已近

谁撩开你头顶的枯草、干叶
手搭凉棚的目光
为跟前的问候所替代
个别不守规矩的枝杈
被时令交给了剪刀
期盼的眼神,含苞待放

足音向前,生长向上
情系爱之家园的植物
沐浴着春阳的万丈光芒
又是为谁,如此风情万种
羞色点点

向阳的坡地

树木静立,河水摊开
干酥酥的泥土堆高亮光
天空啊,无边无框的玻璃窗
谁的期待和希冀
注满了你晴朗的心房

鸟鸣消隐,白云匿迹
水淋淋的诗意笼罩大地
照耀啊,亘古不变的梳妆台
春姑娘的脚步
正行走于太阳的厅堂

花之语（组诗）

花　蕾

把芬芳的秘密
收紧再收紧
一旦南风和阳光过来
谁能保证守口如瓶

绽放时刻是一个谜
客来客往，凝视渐瘦
所有的打量都不敢轻易言说
谜底是清还是浊

对着清亮鸟啼梳妆
只管俏立枝头
任绿影婆娑，光剑横舞

一场梦
很长又很短

该登场的时候终归要来

但开演的锣鼓在哪

蜜蜂穿梭于繁忙之上

那飞翔的洁羽

翩翩颤心

她是否拥有一张

采访的门票

花　瓣

黄的,吐金

白的,泻银

酡红或粉色的,该是

走出深闺惊望眼的

胭脂香吧

一瓣瓣

似泥捏,如刀削

练就这样滑润柔嫩的质地

融进了多少雪语雨泪

中间伫立的花蕊

正是四月高贵的公主

你们环拥着，生生不息

直至坠落为泥

迎风绽放的美丽

谢幕入尘的壮烈

每一瓣，都蕴含一个

香魂绕梦的故事

阳光走了，目光散了

而提着灯笼巡游的虫鸣

在月光下唤谁不止

花　香

一张网，网住了多少

痴迷、陶醉

网住了多少情深谊长

香丝结绳，花语布阵

风至清至纯

也难拒芬芳加身

夜再沉再静

依旧摆脱不了温柔乡的诱惑

唐诗宋词中有你

芸芸众生赞你

你前世到底积攒了多少修行

仅一缕袅袅香气

便使人如饮玉液琼浆

踱出了春的庭院

驻足夏的殿堂

流落人间的仙子

不知这样的福分,还能延续

多少代,多少年

种　菜

在城市，在我居住的一楼小院里
种植一些统称菜的东西

逸致本不属于喧闹
熟悉的阡陌、田塍
才使菜亲切而感兴趣
我想起早年
父亲从河中汲取一桶桶黄泥水
浇灌一丛丛清新微笑
想起了母亲
在遍地茁长的青嫩民谣里
虔诚蹲坐的姿势

我揎地，刨土，浇水
完成脑袋里依稀记得的程序
乡村的影子愈来愈近
鼻孔中渐臻盈满
蔬菜浓郁、热烈的馨香气息

从乡村到城市
菜走过和我一样的道路
我曾无数次衡量菜的价值
多轻多重
城市般现代的躯体内
永远流淌着乡村朴素的情愫

早晨的声音

翕动眼帘
不见身边的你
你的消息,从厨房传来
在早餐的制作里
鸡蛋与面粉结合
一如阳光与你的微笑相融

金属与火碰撞的声音
瓷器被水流冲洗的声音
脚步亲吻地面的声音
幸福美满联想的声音
此时此刻,清新、协调
在我们的生活中
创造营养和动力

早晨的声音
唤醒记忆
那双手,一如母亲的那般温柔

只是你的演奏

更现代、时尚

它让我早年的狼吞虎咽

在儿子的细细咀嚼面前

黯然失色

星期日中午

温暖,由天空吆喝着而来
像乡间的放牧
我的眼睛眯成一条牧鞭
把心底的声音
轻轻抽打在身边的报纸、花盆
和玻璃酒瓶上

隔壁的客厅里
布艺沙发度过了又一个秋天
正在你的诉说里换季更衣
我不知不觉,把阳光下的阅读
变成休闲时日一个温馨怀旧的过程
爱情沿阳光的道路
已经走了十九个年头
更多的幸福如玫瑰花瓣
被收入心灵的殿堂中

什么时候,你闪过来

轻轻在我的肩上拍了一掌
甜味的阳光碎了
其中一些,似白色的汁液
倏地涂满了你的手指

我抖落身上的阳光
把温暖带回客厅
好几个电视频道播放着现代版的
童话故事
它们让我坐在清新舒适的沙发上
沉浸在你平静的注视里

练声的老人

风吹广场,声压花草
你打马而来的甬道洁净无比
手中的水杯装满干粮
确保发烫的喉管,远离
饥渴、惶恐和含蓄

豫剧之水流于清晨
四散的脚步被音符簇拥
思想的船只欣然靠岸
长凳、石椅以及跳动的枝叶
都在为健康准备笑语

城市打造的这个舞台
简缩、简约而不简单
练声老人就是自己心中的王
携歌持乐走清朗天下
桑榆其外,朝阳其中

深夜水管的嗡嗡声

睡不着觉,也不让别人睡觉
你铁质的肌肤下
到底安的是什么心

睡不着觉
那就打开水中的灯
读点生瓜梨枣
读读那条满是汗腥味的白毛巾
即使随便翻翻
那双干净的手
也行啊

睡不着觉
知道你也痛苦,憋闷得慌
可明天别人还要上班上学呢
你再怎么着
也不能长久把别人影响

睡不着觉

你就躲进厨房里

或者卫生间

敞开胸襟,把太多的话

说给水池

说给马桶

说给半夜起解的爱人

看能否换来点轻松

睡不着觉

天亮之后千万记住

抓紧请医生看看

睡不着觉终归不是好事

面对桃花

粉唇绽香,清芬撩人
三月桃花伴风而舞
四溢轻松和温馨

桃花无语
含羞的女子风采独具
摆脱寒冷追逐的人们
斜倚于三月的大门上
细品桃花的新艳

春天的歌声
在发缕间徐徐穿流
春天的激情,在缤纷的衣裙下
愉悦地闪动
我们满怀倾慕
面对桃花
一如面对人生途中
众多美好、欢乐的心境

紧随三月桃花

渐浓的绿颜由近及远

再一次领略唐诗佳句里

桃花深蕴的魅力

我们生活的空间

天朗气清

家居生活

音乐的森林轻松生长
树种很多：萨克斯、排箫、小号
曾为事务城堡围困的心
新鲜、清醒，久违的纯净

虚拟的大自然
流血的伤口逐渐痊愈
缠脚的青藤化为了清风
本性的善良依然穿梭于身体内外
只是旁边没有了长椅
没有了牧羊人的鞭绳和歌声

再忆昨天的日子
两臂垫首
仰躺在地毯一如草坡

感受音乐的枝头
幻想中的小动物竞相跳跃

但不知是惊喜

还是惊恐

一处长存而曾被忽略的风景

此时除我之外

又让谁幸福，有谁感动

夕阳的花园

此刻,夕阳的花瓣贴满白墙
也无微风袭过小窗
你站在幻境的圣洁的殿堂里
黄金般的言语
正于你那明亮的薄唇中隐藏

我感谢那皮肤一样温柔的泥土
粗壮的或细小的植物
每一株都灌满绿色的琼浆
你用怎样一只手,拉我远离人群
你的魔法,诱使我在这芬芳的花园里
独享思念的安详和忧伤

你秀色可餐的身影
在花丛间反复出没
你孩子似的纯朴与天真
在我的头颅里四散飘香

我幸福地徜徉于夕阳的花园
暮鼓被谁撞击的声音,一点点
自枕边的诗文中向我逼近
但为你,我已把一切诺言淡忘

旧　信

打开抽屉，你最初的字
生机盎然
惊触了我的目光

那一片语言的青禾
被欢欣簇拥，为温情环绕
时光的马蹄蹄音脆亮
难忘那个
黄金遍布的秋天

我静坐着，被阳光照耀
美妙的气息穿透石头和宁静
你捉笔的手，那样娇柔
充溢温馨和爱情
飞舞的翠鸟之翅
正鲜花般临近你的前额

为旧伤所痛

我泪水如雨

沐浴爱情光芒中的你

多少个日子,多少思念与爱恋

一张张信笺,因这旺盛的文字

谱成甜蜜万世不改古老的命题

你最初的字

生机盎然,永驻我的心地

忧 伤

你走开的时候，失望
若水波荡漾
尾随的影子哪一个是我
我躺在最后的阳光里
思绪穿过花朵的长廊

向晚的时刻，四周的
植物已淡了芬芳
包括那支蕴满春天颂词的笔
正把我苍白的手指
张望

你踏雪无痕，走向何处
我虔诚而执着的心
却不能模仿
阳光铺就的道路
今日将尽
你的灵魂，语言的小鸟
会带入天堂

清 明 雨

一缕千年乡愁
化作动感的水
淅淅沥沥,濡湿了唐诗宋词

亲情之舟
在漫天飞丝中咿呀穿行
远生的烟雾
载不动孤独的泪滴

多少个梦里相见
染香的只是枕巾
撑一把小伞,踏上小路
民俗深处有期待的花儿
安静开放

气清景明的春
独有这支天宫军旅
秉暖周游,偕爱入心

种瓜种豆的节气

随年复一年的文化传承

同时种下了思念

祈祷和珍爱

风吹来的花潮

春天的舞台别样寂寞
昨夜笑语依稀在耳
用手擦去夺眶而出的无奈
低头碰见风吹来的花潮

一行纸鸢高飞于天
景清物明的日子周而复始
世界还是那个世界
人却不是早先那人

天苍苍
沧海为水
野茫茫
茫然无助
骑鹤西去时泪雨滂沱
抚今追昔的心庭宁静有加

攥一把故乡的泥香

揉进对你的思念

花潮涌动,绿枝舞起

天地间的真情永恒不变

回 故 乡

无肉的骨头,暖光点点
饥渴的舌尖发干
向春天进发

春暖花开,怀想潮涌
一朵花是预谋
一片绿却是陷阱

没有祈求,只有慰藉
我是你眼里的惊诧
你是谁胸中的缄默

鸟　啼

穿透浓重雨帘
一枚枚果核掷入心地
发芽了，分蘖了，思念葳蕤
清明四月也轮生秋日

那众多熟悉的身影
踯躅于缥缈时空的舞台上
梦亦成真，恨亦成真
携泪的呼唤依旧杳然无息

一张大网铺开阳光的羽翼
怀想的人儿胸怀春寒
叫啊，喊啊
泣血化雨
精神的彩虹却是另一世界的美丽

鸟啼声声
逝者若流水东去

看不到的是今朝的模样

心头萦绕的

昨天的伤痛依稀

与朋友相聚

好醇美的一杯酒
不由得你不醉

一城桃红
绽放的是想念
长时间走单,不代表
这个春天没有狂欢

心中藏着友谊的钥匙
就像手机里有号码
衣衫下有玉坠

虚掩的门,等着你
凉了又热的茶
等着你
扯东道西、胡喷乱拉的
轻松氛围
等着你

路窄,不怕
我扶你下楼梯,上楼梯
人多,唯她
乱花丛中抱紧了你

与朋友相聚
有一次
胜过梦境千次、万次

喝　酒

朋友，来
坐这儿
这里是温暖的中心

感情太珍贵
喝干，饮尽
让它在心路上
熟成夏天

谁在外边喧嚷
谁正四处抛洒荣光
我们静心捉杯
不为之所动

酒一滴滴
进入我们的思想
酒香诱使我们
由衷掏出快乐

互赠对方

就诗下酒
缘酒求诗
我们兴之所至
再碰一杯
不禁会意一笑

浇花的女工

花坛这面城市大鼓
鼓声阵阵,源于你辛勤浇灌
涓涓之水是心灵之养
汩汩之流是音乐之泉

草儿支着耳朵倾听
花儿张开嫩唇,期待
阳光与你目光温柔地拥抱
一群来自春天的小蚂蚁
为盛夏的演出忙碌不停

手中的皮管是你的指挥棒
指东打西视渴望而定
水向花间,一如青青草原上
另一类舒心的放牧
谁的呼唤在你耳根倏忽响起
羞赧悄悄爬上了面颊

将青春浇注进风景里

让无悔伴随花草天天开放

珍惜生活中的每一个小伙伴

爱岗敬业,乐于奉献

你就是城市的当红乐师

闹市区静坐

停车场中间的一块石头
与我的思想接近
喧嚣声习习,模仿风
吹着我的耳朵

没有温柔的小动物
只有猛如虎的
钢铁、水泥和橡胶
树木都被驯服了
叶片暗绿,挂满尘土

好在有林立高楼护卫
寂寞得以留守
离车去逛街的人儿
满怀假日的轻松
不知何时能归

闹市区静坐

等待红尘深处的修行

冥冥之中，我感觉到了

一泓清凉湖水

在气定神闲处荡漾

弹拨一种声音

下班买菜

乡间的春天摆在路边
警察不管,偶视的目光
尽是慈善和温暖
上班的夜风步履轻轻
树枝上的小鸟商议着今晚
该去何处就餐

菜贩携菜几里跋涉
抵达的表情,透浸风尘和疲倦
我是城中寻常的男女一族
适逢鲜嫩的春天,递上的
不仅仅是问候和支持
还有胸中那久违的眷恋

春天在城乡之间
轻松游走
放学的孩子
撵飞了我的童年

伫立的风景稍不留心

无边的绿色,悄悄将周身涂满

掏出口袋里的角角分分

为明日准备好给养

乡间的春天,始终有泥土相伴

河　水

沿着村落，弯弯曲曲地行走
芦苇和鱼虾是永恒的伙伴
偶尔一根钓竿伸在面前
其姿态不亚于拦路索贿的强盗
你紧捂心事，循规蹈矩
把结局交给南来北往的风

河是小河，水是清流
但延守了几代人的承诺
始终高过那坚挺的白杨与鸟雀
送人的唢呐，迎亲的锣鼓
在你身边演绎人间冷暖
春华秋实是约好的暗语
缤纷世界有落英也有果香云涌

无论黑夜白昼、天阴天晴
你扮演的或许都是一个仆人角色
守护着土地，守护着虫鸣

守护着乡村数辈不衰的精气神
醒目,赛过村头柏油路的标志牌
准确,早已深入游子的思乡心

净　地

喧闹的小麦走向粮仓
空旷田野只剩下孤独的白杨
高处是绿叶，低处是净地
夏至的好天气让目光
一览无余，无遮无挡

麦茬是酷夏的另一类草
焦枯的铺展如泼洒的黄河水
秋苗之鱼，鲜亮之网
追逐着收获的梦想
在时令宽阔的河道上

眺望在前，口噙果香
宏大的未来悄然孕育
欣慰的灯盏，挂于
西斜的日头和归隐的鸟啼
更美好的祈愿与祝福
手握坚定，迎风而立

等车的孩子

公交站点是又一所学校
你学会了等待、辨识和耐心
一辆车载满风走远了
一辆车挤着焦虑错开了
你陪着路边开花的树站立

校服和红领巾是你的名片
身后站牌仿佛爷爷奶奶的唠叨
上面尽是密密麻麻的提示
可公交汽车的规定的程序
远比不上电脑里的程序严谨
你的腿脚打战,目光迟疑
抚摸书包带的手指布满犹豫

熟悉的那路车终于露了头
它极像是茫茫大海上的冲浪舟
你赶紧走上前去登车买票
不料扑落车厢的铅笔盒

匆忙晃乱了你的从容

一双大手从身后扶稳你
"别慌!孩子,慢慢来"
你紧抿的嘴唇却不发一言
直到又一个温馨的站点等在面前
你离开车体后的一声"谢谢叔叔"
感动许多注目的人

迎接"六一"的孩子

那个日子,疾驰着
朝你们奔来
与花草和绿色相饰的孩子
你们训练队列
训练彩带
舞蹈和鼓乐
在初夏的风中迎接

我是旁边的大树
迎接你们的芬芳与笑脸
从南至北,从东到西
广场上多么晴朗
你们轻松,披满幸福的光泽
那个日子已经近了
更大的欢乐即将莅临

你们的老师
衣着朴素,目光温柔

指导你们向左、向右

拐弯或直行

避开了疑惑和险阻

他们让你们进步

让我敬羡

你们的举止

渐渐成熟,悬结受赞誉的果子

爱之幕在身后拉开

世界上孩子所共有的节日

将美妙的歌谣

悄悄传给你们的祈愿和等待

六月的歌谣（组诗）

红 领 巾

一只红色乳燕
翩翩，衔着喜悦而来

世间最纯净的花茎
远离了寂寞
热烈的氛围里
我的微笑，是孩子收到的
又一张贺柬

举过头顶的手臂
缘于对生命春天的敬仰
风吹飘展的新翅
火焰般燃亮大地

听写生字

天真烂漫的孩子
为学业所托
薄薄的练习册,静待着
种植一个个生字

孩子听写的过程
与某项农事相近
只是那操作的小手娇嫩
字歪歪扭扭,不很规范

橡皮改正错误
让孩子欣慰
白纸上这个片段
笔迹所施过多
未来的日子
联想之叶茂盛

奖品：红苹果

红纸和剪刀嫁接的这种小水果
艳丽，甘甜
孩子的小嘴拢不住

沐浴老师的辛勤
孩子的汗水
红苹果长成这诱人的模样
我反复咀嚼，品味
一种快乐涌在心头

从家庭到学校
从学校到家庭
苹果般的微笑
苹果般的喜悦
苹果般的追求和希冀
都被披上了红红的颜色

纸剪的奖品

精神的馈赠

红苹果的未来

将是一个金灿灿的世界

看 车

孩子拉紧我的手
伫立街口
风一样南来北往的车
拭亮了他的眼睛

孩子好奇
天真的疑问挤满嘴唇
车的类型很多
对于他
我的微笑
就是肯定的答案

孩子偎依着我
什么时候
车声变得稚嫩而轻松了
我们走出家门
忘记了家门

风一样的车

南来北往

我紧拉孩子的手

孩子拉紧我的手

纸 飞 机

钟爱你的孩子
陪伴夏日的清静，隐居家中
周围各类静物
一起呼吸你的平淡和诱惑
你的前身，薄薄的纸张
也许是一册精美画书中的一页
真实的飞机静止其上

娇小、善飞的纸鸢
频频回首地面
孩子的目光，巡视四周
母亲用心装饰的墙上
幸福与温暖的气息默默对流
因为一种力量，忠诚地保卫
纯真的孩子，眼睛澄澈
蕴含着众多的遐思和向往

你轻提身躯，抖动翅膀

孩子的想象是蔚蓝的天空
孩子的手掌是你起飞的机场
你的好兄弟们,飞翔于天南地北
为祖国的建设和国防
搏风击雨,历经沧桑
你在夏日的此刻,帮助一个孩子
解开心中一个又一个疑问
让他的灵魂,在美好的理想中
拥抱鲜花和勋章

参加家长会

按照你和老师设计的路径
抵达校园码头
搭乘上家长号渡船

学海,浪静水急
难见可人的景致
语言,数字,天文地理
汇聚起知识的营养
让你成长,成才,成熟

班主任老师是船长
你和你的同学是水手
家长们是乘客

静静地行驶
只有默契,不闻汽笛声声
沟通的是情感
交流的是收获

咀嚼的是你和同学们的

进步与努力

一个小时,船舶靠岸

紧扯着我手臂的你

无语,却喜悦满面

臭

你把双脚翘到沙发上
你说，你的袜子是昨晚刚洗的
你的凉鞋是大眼粗襻透气的
这能说明你的脚丫不臭吗？

你攥着那枚棋子不撒手
你说，你没看到我走的那一步
你的眼睛被风中沙粒或小虫子袭击了
这能说明你的棋艺不臭吗

你将试卷藏进书包里
你说，你将题号误作了数字
你的计算步骤写在演草纸上了
这能说明你的成绩不臭吗

你咧一下嘴露出了小虎牙
你说，老爸你嫌这嫌那
左也不行右也不对
这能说明你的教育不臭吗

光临蛋糕房

心热和天热一起
光临蛋糕房
为你的生日选个惊喜

这个蛋糕房
门脸新颖,品种繁多
就连服务生轻轻的问候
都一样温馨、动听

选样,付款
随后坐在长椅上
等待蛋糕师的杰作
窗外的阳光在草尖树梢上
欢快跳跃
想起母亲曾每年煮熟的一个鸡蛋
此时的感觉全然不同

一种熟透了的香味

扑鼻而来

啊！孩子，这份礼物

可是你生日的笑脸和歌声

播种蛋糕

孩子的小手,把蛋糕
耐心剥成颗粒状
播撒在温软的床铺上
故乡的那种土质是很肥沃的
温软床铺比不上
但孩子生在城市,长在城市
只清楚床铺
比水泥、柏油路面温软得多

孩子播种蛋糕的过程
是我读的一首关于播种的诗
思念故乡的过程
初事农业的孩子
随心所欲改革播种的方式
在城市轰鸣的机声
与夕阳西下,呼吸清新空气
轻松交谈的足音里
给我置身田园的感觉

我没有像我的父亲一样
指责孩子勤劳的错误
也没有让目光携带阴云
掠过孩子的头顶
孩子在品尝蛋糕的同时
也播种蛋糕
说明那个朴素的真理
已经融入他的血液

我把一个响吻
挂在他的脸颊，如太阳
照亮他的一生

后高考时代（组诗）

等待录取

志愿填好，就像小时候
把理想写进作文
用一缕青春的视线拴好
悄悄等待

等待一声呼喊
等待南风推开小窗
等待邮递车这只绿色大鸟
携带喜讯飞临心窝

收工的笔

与你一起
从考场上下来的笔
偎依着阳光照不到的角落
真的累了

仿佛老家的农具
战士的枪
抑或姐姐心爱的猫咪
陪伴着你

笔，蘸着你的汗水
耕耘了多少
汉字、数字和字母
那一笔一画
皆是心中最佳的风景

毕业纪念册

姓名，年龄
以及那张微笑的照片
都从学校毕业了

通信处空着
电话号码也是暂时的
赠言却字字珠玑
像一匹匹骏马

带着你的思绪狂奔

情谊盛开美丽之花
美好的明天
等待知识的琼浆浇灌
一页页掀开
需要坚强、毅力
更需要美德

祝福是天上的飞鸟
地上的清风
读万卷书
一定能行千里路

茶座里

茶座不大
仅有的几个房间坐满了
打牌、聊天、喝茶的人
茶座环境幽雅
漂亮的服务生如公园里的
一棵棵花树，笑脸盈风
茶座某日通过朋友的朋友
租给我一席之地
介于喧闹和僻静之间
我想起了当时送我的三轮车工
他收钱后满面轻松

茶座里，一杯茶握着我的手
馨香的情愫直入心底
我知道那是茶叶和白开水的结合
渐浓的诱惑来自智慧
茶座里，不同于我的书房或客厅
朋友仍是熟悉的朋友

话题却非陈旧的话题

茶座里，来自邻座的打牌声时隐时现

我想起了街头常见的麻将摊

穷者与富者获得同样快乐的过程

却是大相径庭

一个人的儿童节（组诗）

傍晚的凉椅

四十岁的人
小孩子的心
看，开放式的城市公园
那树静静地绿
那草静静地绿

不是视野里没有花朵
那花朵娇艳得
不知若谁
不是目光中没有鸟雀
那鸟雀欢跃着
不知像谁

由风随意撩拨
额前的发缕
任喧嚣紧跟马路上的汽车

一骑绝尘

我静静地坐着

像树,像草

多年的愿望

顷刻得以实现

女儿的单车

在胡同口

放学的女儿将她的单车

让给了我

于是,女儿的单车

成为我的坐骑

单车陪伴我

穿过振兴路,循着中原路

拐上了人行道铺满老百姓麦子的西环路

停于垃圾山,是终点也是起点

其实垃圾山早已没了垃圾

众多的花草、树木

将垃圾踩于脚下

女儿的单车

陪我疾驶

伴我缓步

其光洁的车圈、大梁

乃至两把和后座

都令我不禁想起

女儿的笑容

夜色吓得

不敢近前

我和女儿的单车轻松过节

今天"六一"

偶遇三两个滑板或者童车

我总要停下来

不,是女儿的单车

停下来

停下来,看眼前的世界

多么美好

不见一个熟人

这座城市真大
这个世界真大
我转悠了两个多小时
竟未碰见一个熟人

我不知道我的熟人
此刻都在干什么
也许因为过节
他们忙着照顾他们的儿子、孙子
可他们忘了
自己也需要"六一"

花是新鲜的
绿叶是新鲜的
映入我眼帘的面孔是新鲜的
我为我的熟人忧伤
我为过节忧伤

坐在公园的凉椅上
女儿的单车
温暖着我的联想
人们总喜欢新鲜的东西
但有时候
新鲜的却不是最佳的

乘夜色回家

霓虹灯亮了
我手机的显示屏亮了
想必我家门口
那盏40瓦的小灯泡
这时也亮了

拜拜，安静
拜拜，清风
女儿的单车陪伴着我
你们不必担心

路是熟路

可心情却是崭新

转了一圈

原本肌肉劳损的左臂和左腿

舒服多了

轻松多了

过节真好

回家真好

被幸福的天空、大地

花草树木

清风和鸟雀

以及平平凡凡的亲人们

爱着，真好

父 爱

人生路上，困了累了
我们身后会耸起一座山
那是父亲慈祥的微笑
筑就的爱之城堡
里面的刚毅、坚强和温暖
博大精深地庇护着
昨日、今朝与明天

牙牙学语时，父爱
比母爱还有些"烦"
蹒跚练步时，父爱
却多了些异常的"冷"
挎着书包走进校园
父爱有点像远方的彩霞
踏入社会拼搏职场
父爱偶尔会交些精神的学费
那却是无价的真金白银

风来风去，天晴天阴
父爱如伞、似雨、像灯
有人说父爱是机遇，是财源
岂不知他的王国中
还有一片蔚蓝的大海
任我们磨砺深沉
体验宽广

花开花落，云舒云卷
父爱做石、为柱、若禅
有人说父爱赛师友，同兄弟
岂不晓他的御园里
尚有一泓不竭的清泉
永远让我们的心灵和情感
纯洁明净，了无尘埃

因为父爱，我们常收拢脚步
陪那"老头儿"聊聊天
因为父爱，我们有伤不语
有难就泡进反省自励的酒缸里
因为父爱，我们腰板直挺

唯恐后边那小子或小妞看笑话
因为父爱,我们濯洗灵魂
甘愿伴身边的幸福大树直到永远

父爱平凡,平凡得
仿佛水与空气
父爱伟大,伟大得
"慈父之爱子,非为报也"

雨中的一片绿叶

打起雨伞,走出戴望舒的《雨巷》

路边一辆夏利牌出租车

像一片阔大的绿叶泊在雨水中

它在等谁

它的面部清新、亮丽

它的计时器红闪闪的,像谁的眼睛

它的顶端罩着杏黄色

像一把陈年的油纸伞

它或许根本不在等谁

上个世纪的雨已经远去

那个丁香一样的姑娘已经远去

它只是随便地停在那里

像一片被雨水打湿的绿叶

它静静地

在秋天的联想里

城市的燥热已被雨水洗去

那曾像病一样传染了红男绿女的燥热啊
确切地讲,将被雨中的
这一片绿叶洗去

茫茫中,一片阔大的绿叶
从夏利牌出租车的停泊处飞起
它携带着饱满、生动的绿色
无声地涂抹着灰暗、高远
流泪的天空

夏日短章（组诗）

夏　夜

暮色将白昼折叠起来
包括凝成汗珠的热

空气轻松了
树叶高兴地拍起了巴掌
夏夜的凉
静静地泊在风翅上

夏　雨

偌大一枚荷叶
是房顶？是天空
支撑的茎
来自心底那细细的担忧

鼓声阵阵

万马奔腾

远古那激烈的战争场景

怎演绎于当今的现实中

静眠之盏

被透窗而入的水打翻了

漫天的诉语

弄湿了大地上所有的衣衫

花　坛

一面大鼓

粉红粉白的声音竞响

在人们的目光和心脏

谁的大手担负重任

击破了寂凉与宁静，让风的行囊

满携芬芳，云游四方

纳入民族声乐的合奏

天国的鼓，人间能有几面

鼓声美妙，鼓声久长

怎样的光芒渗入泥土和心灵

花朵的声音，在平展的鼓面

迂回流淌

石榴爬满枝

谁家的青皮小子

爬满火红榴花布香的枝头

一脸欢笑，踩软了六月

雨罢，风过

甜蜜心事开始收藏

晨光暮晖中的鸟鸣

一位老人，携一孩童

在婆娑的荫蔽下表达幸福

期冀与阳光共舞

八月中秋的唇齿相会

要穿越一个长长的夏季

夏季车展

夏天的广场上
多了些科技时代的产物
车模、招贴画和缤纷的彩带
把市民的心烘烤得
比外面的太阳还要热

走近跟前的询问
获取了一朵朵热情的微笑
眼睛张望着
手不经意地触摸
没想到喝汽油的庞然大物
比老家的猫还温顺

绿草树木是忠实的观众
蓝天白云是忠贞的护卫
新生活的口袋鼓了
好日子的道路宽了
代步的小心思也纷至沓来

过街的红皮鞋

两只鸟儿
在街头飞
唠叨的蝉鸣
被点点红光覆盖

无绳之绳
操纵着前行线路
一片果晕的芬芳
倏忽弥漫心间

目光毗邻静物
凉爽比天地更宽广
街，仿佛喧闹的海
飞翔的鸟儿，一会儿
又幻化为鱼

钢筋和水泥的森林
扩展着

伸延着

两只鸟儿怎么也飞不出

六月的燥热

熟透的果子

拥抱着你,无求无欲
温馨的氛围
何等美丽

裁一片年少的叶子
斜插于你耳畔
淡淡芬芳自记忆深处弥漫开来

短暂岁月,谁又是催熟剂
面对你的亮泽
我的目光放弃锐利

熟透了的你
困于我的双臂
深深嗅一口
我便无悔来世
化作护你的春泥

桃

一袭绿衣
不舍青春的颜色
一点绯红
难掩心底的羞涩

逃离传说
跟随风四处游走
民间的纯粹
使步出天宫的美少年
越发丰腴撩人

情愫被麦香煨熟
内心蜜汁般甜
夏日的舞台偌大无比
刚下孩子的心头
又上老人的眉梢

孙悟空窃桃

难窃取的是欢乐

齐白石画桃

画出的是福寿吉祥

神话中的意蕴

现实里的模样

逃不开民间的期盼

逃进了人们的喜悦

在4S店喝咖啡

喧哗与宁静纠缠
咖啡是最好的调解师
寂寞、无聊和等待
在淡淡咖啡香中化为泡沫

临来前的不快
被咖啡泡淡
临入门时的热情笑脸
被咖啡冲淡

电视把诱惑挂于墙上
电脑让游戏
成为等待时刻的麻醉剂
谁家的孩子
在大人的陶醉中跑来跑去
我的手指和嘴唇
顷刻放弃了犹豫

纸杯比服务生虔诚

不声不响

就把我这个极挑剔的客人

轻而易举打发了

伞花朵朵

在骄阳下绽放
热烈地摇晃着汗味目光
蝉气得胡言乱语
却无谁奉上半片赞誉

于细雨中吐艳
清新得像一只只嫩蘑菇
从水洼里打捞快乐的小脚丫
最懂得隐秘的心事

伞花走在夏季的庭院
与树荫比清凉
和屋檐赛高低
草儿、虫儿涌向前
可只能在飘香的旮旮旯旯
分享愉悦和甜蜜

伞花朵朵

游弋于众多有心人的笑靥里

风是那样的轻

音是如此的柔

六月扑哧一声笑了

醉上心尖，果满枝头

收购季节（组诗）

验 质

一场南风将田园灌醉
焦中泛香的麦子脱颖而出
水汽蒸发，容重增加
沉甸甸的庄稼简朴而闪亮

扦样器迎上前，将小麦接下来
众多检化验设备各尽其责
报告单上的数字是另一类精良的种子
将小麦的品质深植于赞誉中

国家标准在种粮人心底扎根
筑巢，为生命护航
收购验质的流程如山间溪水清澈不断
我看见一串串矫健的步履
欣然走在小麦铺设的健康大路上

入 库

成熟的麦子聚集一起
把水分交给阳光,将杂质弃置筛底
粮库院内的交会与对接
完成了乡土情结的又一次转移

保管员湿了又干的汗衫上
展示着一幅外人难解的咸味地图
微笑,忙碌,紧锣密鼓的机器轰鸣声
把一份份理解,分发给四周
期待的眼神

麦粒向左,麦秸朝右
一颗比麦子还质朴的责任心
穿梭于泥香泥味的流动间
收获和笑语,粒粒归仓
安全与隐患的界限,泾渭分明

结　算

汗水无价,卖粮有钱
小麦欢快地走过去
钞票幸福地递过来

空荡荡的车厢被阳光占领
上墙的政策信息使心头敞亮
结算窗口前的排队等待
守候一份喜悦,一会儿难得的轻松

过磅单随着计算器的喧唱
计算出了这个夏天的货币价值
用沾满麦香的手指清点一下
羡慕直刺高兴的脸

这钱,给妻儿到底买些啥
为父母该置办点什么礼
念想花开,浓郁芬芳满心园

休 闲

粮库用爱心搭起的休息棚
茶水甘甜,果品飘香
以前的主人华丽转身
竟然是憨厚的邻家大哥一个

坐在长椅上抽烟、喝茶
聊一聊今年的收成和雨水
奥巴马、普京这些远在天边儿的人物
偶尔也会被从新闻中拽来
给乡间的调侃,增添些英雄气概

最吸引眼球的,还是
口袋里欲向外蹿的崭新人民币
它们仿佛老家绿荫下
顽皮的孩子,稚笑环膝
静听一个小麦乔迁新居的故事

爬仓上垛的日子（组诗）

库存检查

一粒粒小麦像一个个
挤堆而睡的孩子
轻微均匀的呼吸溢着泥香
透窗而入的四月阳光
将一件阔大的衣裳披上粮面
爬仓上垛的日子温中泛凉

"包打围"与砖混墙面对峙
比谁的胸膛更挺更直
测距仪、计算器、笔记本和铅笔
在小麦的家园里游走
收获的却是紧张与繁忙

账务报表和各项管理制度
都是小麦家族的近亲
数字联动起库存的真实情况

有的在纸，有的上墙
有的印于会计或负责人的脑海中
有的藏在保管员的心坎上

忙得像驴，吃的是苦
检查人员一路汗水一身土
粮库虽然没有旖旎的风景线
但有一种心情叫责任
有一份喜悦面对检查结果
春暖花开香满园

小麦出库

扛麻袋的肩膀不见了
取而代之的是输送机的长臂
由仓库内的粮堆至货车的车厢
小麦走过的路平稳而轻松

仓门静望，车轮等待
哗哗哗的流动是另一种水声
寂寞了无数个日子的小麦

终于又见到了熟识的清风丽日
岂不知远方加工厂的齿轮
正"磨刀霍霍向猪羊"

装满小麦的大车走向夏天
又一辆空荡荡的大车缓速驶来
我看见伫立着的粮仓
转眼间不经意瘦了,略显憔悴
我不知道惊慌失措的手足
随后的时日该怎么对待

扦取样品

模仿打井人的举止
把心底的期望一遍遍下沉
打捞上来的麦粒
仿佛喝饱了阳光的胖娃娃
鲜亮,喜人

扦样器抛弃铁质冷漠
在质检员的手中游刃有余

样品袋敞开纤细的封口

任蜂拥而至的麦粒

欢呼着入住

虽然最终结果

还需要等待容重器、水分测定仪

以及众多目光的检验

但紧锁的眉宇之门

已被仓外的鸟啼倏然打开

平整的粮面平静依旧

定点打破的裂口公平公正

谁面对晴朗的四月赞叹一声

我看见刚才过来的窗口处

一道亮光闪着金黄色

理　发

荒长的心情
受抑于剪子与口香糖的绞合
女理发师在水之湄
水是热情之水
湄是微笑之湄

轻松的阅读
墙上那面镜子，意蕴浅显
多少个日子过去了
脑袋，换季更衣
精神，谋变图新

在椅子里安顿闲适
飘落的哀伤，黑白相间
曾虑及随后的风雨
不知吹洗下的青春还有多少
折断的梦想几许为泥

结果,一声调侃

半句风趣

化为几滴定型水的淡香

最后的致谢与告别

尽是一天的美丽

菊 花 茶

消散香气

从阳光宝库

移至清澈的水中

其实阳光就是这水的源头

一只只手

沐浴虔诚

将素洁菊花

领进花香涅槃的圣地

幸运的水

经过火洗礼

先天的营养仍在

干菊花的花季在深秋

又一次来临

更大的欢喜，随之

也春暖花开

水中菊花

沿着茶文化的香径

播撒养生的种子和启迪

无数亮翅翩翩飞起

幸福与吉祥近在眼前

一 幅 画

是怎样一颗心哪

浓缩成如此美丽的景致

阳光穿透树叶

清风掠过草地

摇曳着你的静谧与坦然

在纷乱的空间里

你生机不改

魅力与诱惑不改

但歌声哪里去了

寂寞的天宇下

没有一缕音符把你渲染

我们从不同的地方

偶至你的身旁

激奋之后,叹息之后

路,又被谁截断

海边观潮（组诗）

海边观潮

揣一把中原情趣
在海边倾听
潮声，时起时伏
面对沙滩、礁石
击打沉默的爱情

潮来潮去
大海的襟怀坦示宽容
我想起乡下
那与阳光相伴的身影
曾有个孩子，枕童谣而眠
他的母亲白发满首

潮声呼啸着大海的提醒
阵阵荡胸
此时，谁初衷有加

乘兴卷起裤腿

被潮声溅湿的

是那耳朵、鼻孔和眼睛

海湾小船

一枚树叶

泊在海面纳凉

吹拂的风哪里去了

船上,偶尔闪动的身影

晃破海湾的宁静

船

海湾

成就一幅黑白版画

收获后的幸福

被安然的环境包裹着

爱的珠贝

孕育在我的心中

逛海边市场

浓重的海腥气
扑打着我的肺叶
我的目光，面对海鲜
以及一朵朵渔家的微笑
情不自禁渲溢欣喜

在背囊
收入大海的馈赠
感觉中原的风由远及近
众多高山被逾越
海岸边插满
中原的语音和脚步

向前的路
在海上，是一条船
在岸上，如此依山傍水
蜿蜒着挺进深远处
缘于海

伸延的追求没有尽头

青禾和果园

尽情铺展于大道两边

我睁大瞳孔

将困惑驱散

海的馈赠繁多

丰富了中原的兴致和话题

来往的挑选与购置

举止留恋

阅读笔记（组诗）

悬崖上的小花

在你跳下悬崖的刹那间
一朵小花开了
从书本的记载里
我领略到它的悲壮与英勇

悬崖上的小花
是你魂灵的依托吗
深不见底的苦难和寂寞
让你在敌人的枪弹和刺刀面前
别无选择

饱汲硝烟、灵性的小花
是你生命的终点也是起点
中午的阳光静静地
照在阅读并怀念的我的身上
遥远的小花啊，摇曳着

多么宁静的辉煌

宣 传 单

撕破茫茫夜色,你贴在
敌人惊恐的面颊

那些男孩子女孩子
四季如花
原本薄若蝉翼
当时却厚重如磐石的你
准确掷向敌人的头颅

你顶着妖风淫雨
把人们水深火热中的心声
四处播放

如今,你躺在共和国的
历史博物馆里
敬仰的目光却使你衰老

那些四季如花的孩子哪里去了
你的灵魂,依旧当年一般精神抖擞
期待为胜利而奔波、欢呼

长　征

怎样一种精神拧就的绳索
把中国拽离艰难困苦

两年时间,从中央苏区
到甘肃会宁
罕见的长度和韧性
让世界惊叹

一座雕像,是谁
一手举枪
一手执着火把
坚定地站在川藏交界
那荒凉沉寂的原野上

一段历史,有谁

端坐在新中国的阳光下
听老红军把他的遥想和追思
讲得热泪盈眶

长征啊
被赤水河、大渡河的水声洗亮
被爬雪山过草地的马灯和铜壶照亮
被一位伟人平仄工整的诗句吟亮

疤痕及其他（组诗）

午后的影子

阳光磨亮的小箭
把树枝钉在墙上
赤裸裸的情感
惊得四周鸦雀无声

回　忆

战争的大鼓
蕴满硝烟和流成河的血

鼓槌呢？竟是
谁的两条腿
长成了森林

一双手撩起
额宇前垂挂的发瀑

天地宁静

心灵安静

定格于书房墙上的

一幅小画

战争已远

疤　痕

一滴水

多少年了，仍未落下

仅此的一滴

不曾枯萎和消隐的水

让你的快乐血丝密布

躲在一朵花背后

从炎热中溜出来

我躲在一朵花的背后

我看见，风的箭镞

射得花香四处弥漫

我屏声敛气
不发一语，此刻
那朵花绽放依旧
花蕊里满是视死如归的身影

晚风习习

阅读黄昏
谁拂去了我额宇的汗珠
把一朵幸福
斜插在我的心坎上

自然的手
松开紧攥的秘密
有花香缕缕循着鸟啼而来
芬芳了草尖的收藏

尘世写生（组诗）

痛　心

一根绳子被谁提起
提起了什么

不知多粗的绳子
也不知多长

没有刀的锋锐和明亮
但比刀厉害
百倍，千倍

蚂　蚁

爬爬爬
爬不出现实生活

黄土的干粮

多么养人

一条地缝可能是深渊
但藐视的目光
比高山还高

生命不息
爬行不止
身边的小草,随风
向你们敬礼

乞 丐

乞风,乞雨
乞来白眼无数

还不满足
腹中始终有馋虫在爬

怨天,怨地
怨散身边清风丽日

抖一声哀叹
满城繁枝不开花

贱　人

手拈莲花
唇启软语，贱吗

一场戏
从古代演到当今
自书内演至书外

媚眼与低俗无关
泪打微光
湿了的是情不是怨

积　水

雨婆婆走远了
留下一面镜子，让草儿
照啊，照

一只小爬虫

穿越芬芳而来

更大的喜悦

在它的犹豫面前

明亮，开阔

民谣的瓦片

与秋雨时行的足音相符

丢掉果香的枝叶

素洁，清新

垂　柳

绿水倾泻

化为满树飞瀑

一个"垂"字

将心事说与清风

从阳春至酷夏

再接力仲秋

葳蕤婆娑无谁管

并作南来一味凉

有丝丝蝉鸣
隐于其中
成为神龙见首不见尾的
另一朵花

夏秋之交（组诗）

说话的花儿

微风透窗而入
把篱笆墙上攀爬的
丝瓜花的说话声送来
不辞劳苦

花儿说着天上的星星
说着地上的虫鸣
说着白日欲绽的心事
说着夜色掩映的秘密

说话的花儿清晰、轻松
偶尔一声谁的短叫
摘下头顶失色的花冠
将芬芳送予泥土

爬高的雨

爬上房檐,抑或树梢
有一下没一下
把梦境砸得湿漉漉的

学小虫儿在草丛爬不行吗
干吗将夜色托得恁高
不怕不小心跌落花间
让屁股摔成八瓣儿

滴答滴滴答
而且话头儿还那么多
爬高的雨啊
你不睡觉,可也要顾及别人
明日还要上班上学呢

虫　鸣

谁提着一只小小灯盏

在清凉的风中游走

草丛和夜色是最好的隐藏

你却看不清秋天的来路

一阵紧似一阵的朗照

小小灯盏,小小的芬芳

一颗心躲在忧虑的小木屋

他对你的幸福并不乐观

一只小小灯盏高高在上

所有的睡眠沉入宁静

叶茎,花瓣,凝视的露珠

竞相为亮光打开一扇门

蘑　菇

秋雨走过的路上

一朵蘑菇与树根为伍

她怯怯的样子

无奈地笑

让注视的阳光

丢弃了燥热

山野的种子
城市中的过客
一朵蘑菇孤零零地
站在风雨后
她泛黑的面容
尚挂着几滴
不知是喜还是悲的泪

夏秋之交

一张薄薄的唇
下边是秋
上面是夏
时光铺就的小径
有水果跑来跑去的香味
在洒

连阴的雨
欲将谁的心绪冲成沟壑

阳光拂去泪滴

虫鸣的鼓点激越、昂奋

昼更爽，夜愈静

由《悯农》想到的

禾立于泥土之上，烈日之下
运动的锄头与一滴滴汗水
滑入唐诗的意境

生在城市的孩子
一遍遍翻阅精美的唐诗画册
问：这头戴斗笠
汗流如注者，是谁
我一手执筷吃饭
一手按书，吟诵《悯农》
"大米饭，喷喷香
……不把米饭掉桌上"
纯真的眼睛，摄取着面前
饭碗的灵光

我仿佛再次置身农田
父母和乡亲，紧握期望
青筋暴露的手

在烈日与成年累月的辛苦中

锄草松土

耘禾打粮

弹拨一种声音

模式化的追求
弹拨一种声音,一种
精打细算的声音

你莫名地紧张
因为这种声音
不禁怀疑自己的水平
或别人的才能
但更多时候
是为预料中的满意结果
长释一阵轻微的欢愉

拇指,食指,中指
还有算盘那张冷漠的脸
你时常体味成功的心境
属于每个人的未来与现实
本就属于自己

没有抑扬顿挫的

这种声音

重复着你的生活

其实在你多愁善感的世界里

这种声音是天地间

最美妙最动听的音乐

音乐中的瓜

母亲托人捎来的瓜
保持着老家的温馨
成熟的香味随音乐而下
流入我的心底

音乐中的瓜
摆满桌面
城市的桌子不同于
母亲的瓜地
瓜默默倾听着音乐
样子安详、甜蜜

我不知道瓜来之前
经历了多少苦难
但从瓜的落蒂处可以看出
母亲经常哼唱的那支民谣
一直很甜,很甜

音乐轻松四溢

音乐中的瓜视我无言

我感到一种幸福

正被另一种幸福代替

不知不觉中

思念老家

思念母亲那布满皱纹的脸

后　记

1979年夏天，我正和父亲在乡粮管所缴公粮，突然得到了我考入县重点高中的消息。当时，我并没有将我的未来与粮食工作联系在一起。我只是觉得，粮食这东西很"主贵"，但拿着简易扦样器、"一扎一抓或一咬就定等级"的验质员的职业更"主贵"。等到我扯着父亲的衣角，去那像瞳孔一样的结算窗口领取售粮单时，我才知道，这世上还有比我更"主贵"的人，那就是生活在"噼里啪啦"算珠声中的会计或统计们。

三年高中生活箭穿一般度过，我懵懵懂懂地迎来了高考的红榜。刚过大专分数线9.5分的我，听取了我一位亲戚的忠告，一心想进入鼎鼎大名的郑州粮食学院就读，可残酷的现实把我的梦想打破了，我最终与所有大专以上院校无缘，只能跻身于省粮食干部学校，成为一些落榜同学眼中艳羡的"半截砖"。

在我拿着录取通知书回到家时，父亲的脸上却是惊人的喜悦和满足。"儿子吃商品粮了，再也不用发愁娶媳妇了！"随后，他毅然拒绝了班主任老师关于要我复读的请求，紧急督促我母亲给我准备赴省城的行装。我不满17岁的心也"聊发少年狂"，很长一段时间游走于幸运与憧憬中间，仿佛看见了多年来在田野里呈现的那一缕缕小麦的金黄，它们是那样光彩夺目，倏然照亮了我所向往的未来之路。

在省粮校，我学的是粮油储藏专业，可两年后毕业走出校门，我却阴差阳错被分配至市粮食局办公室做文秘工作。十余年下来，当我还在公文的海洋里奋勇搏击时，一纸调令又将我拉到了城镇居民粮油供应的前线。

看到与城市数十万人息息相关的"粮本"在我面前展开，再回首望望那像雕像一样的售油器，那身穿白大衫、微笑卖油卖面的服务员，我竟日的疲倦丝毫不敢在人前显露。我整日穿梭于大小十几个粮店里，把一颗被油污包围、为粉尘所蒙染的心，彻底上紧发条，使它能够周而复始、历久弥新地运转。

又是四年过去，当我快要将在粮校所学专业知识忘得差不多的时候，竟又"风水轮流转"地重返机关。只是这次工作的岗位已不在办公室，而是与我学业根基密切相连的储运科。于是，我捡拾起"漠视"已久的专业书籍，开始走"所"串"库"，访"友"问"师"，一边检查指导工作，一边向经验丰富的老同志学习。

因为粮食，我几十年前由校园"引燃"的缪斯情结始终如一。闲暇与书香做伴，得空和笔耕为伍。我的脑海里，终日有一道像小麦一样的金黄色亮光照耀着，它给我以温暖，赋我以营养，予我以希冀。我曾为我熟稔的粮食写过许多文艺作品，但最心仪的还是组诗《粮食内心的光亮》（发表于2012年12月24日《郴州日报》文学副刊）。

现在，我已在粮食监督检查的岗位上又工作了十个年头。粮食流通监督检查，是粮食行政管理部门的一项"朝阳"业务，它依据有关法律法规，规范和指导粮食流通监督管理，维护粮食流通秩序，保护粮食生产者的积极性，维护经营者、消费者的合法权益，确保国家粮食安全。我觉得它既能"严于律己"，又可"降妖除魔"，真正是保障粮食流通"天朗气清，惠风和畅"的有力武器。

俗话说"人是铁，饭是钢，一顿不吃心里慌"。粮食作为国计民生的特殊商品，是一个国家的根本。作为粮食人，我为我的职业感到光荣和自豪。党的十八大吹响了实现"中国梦"的进军号角，我自己也有一个"粮食安全梦"：小麦、水稻长得像高粱那么高，穗子像扫帚那么长，籽粒有花生那么大……

我祈愿我的"粮食安全梦"能够搭乘和平时代的春风，进一步萌蕾、绽放、飘香。我也愿为国家粮食的"长治久安"而满怀希冀、憧憬与期待，并愿意沿着粮食那一道金黄的亮光砥砺前行，付出自己的辛勤和努力！

李志胜
2013.11.22 石家庄
2017.7.3 改于濮阳